AUTOESTIMA DE A a Z

© LITERARE BOOKS INTERNATIONAL LTDA, 2021.
Todos os direitos desta edição são reservados à Literare Books International Ltda.

PRESIDENTE
Mauricio Sita

VICE-PRESIDENTE
Alessandra Ksenhuck

DIRETORA EXECUTIVA
Julyana Rosa

DIRETORA DE PROJETOS
Gleide Santos

RELACIONAMENTO COM O CLIENTE
Claudia Pires

DIRETOR DE MARKETING E DESENVOLVIMENTO DE NEGÓCIOS
Horacio Corral

EDITOR
Enrico Giglio de Oliveira

REVISORA
Luciana Mendonça

PROJETO GRÁFICO
Victor Prado

IMPRESSÃO
Impressul

Dados Internacionais de Catalogação na Publicação (CIP)
(eDOC BRASIL, Belo Horizonte/MG)

R266a Rayes, Cristiane.
       Autoestima de A a Z / Cristiane Rayes, Iara Luisa Mastine; ilustradora Santuzza Andrade. - 2.ed. - São Paulo, SP: Literare Books International, 2021. 48 p. : il. ; 21 x 28 cm

       ISBN 978-65-5922-126-4

       1. Autoestima – Literatura infantojuvenil. I. Mastine, Iara Luisa. II. Andrade, Santuzza. II. Título.
                                                                    CDD 028.5

Elaborado por Maurício Amormino Júnior - CRB6/2422

LITERARE BOOKS INTERNATIONAL LTDA.
Rua Antônio Augusto Covello, 472
Vila Mariana — São Paulo, SP. CEP 01550-060
+55 11 2659-0968 | www.literarebooks.com.br
contato@literarebooks.com.br

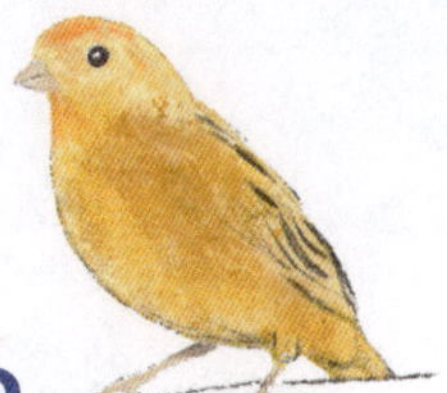

Cristiane Rayes
Iara Luisa Mastine

AUTOESTIMA DE A a Z

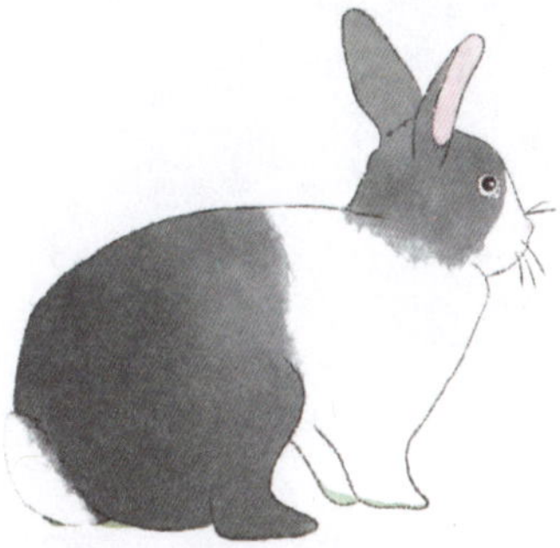

ilustrado por
Santuzza Andrade

2ª Edição

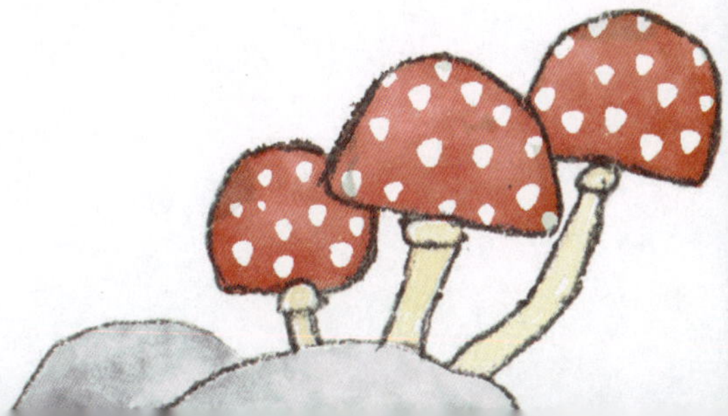

Dedicatórias

Cristiane Rayes

Dedico esse livro à minha amada família. Aos meus pais, Mansur (in memoriam) e Heloisa, que formaram minha autoestima e apoiaram meus caminhos com amor e dedicação. A meus filhos, Mariana e Vitor, que me engrandecem como mãe, resgatam minha criança interior e me trazem o desejo de aprender mais a cada dia. A meu marido, Márcio, que me encoraja a seguir. A meus irmãos, Eduardo e Adriana, minha cunhada, Luciana, e meus sobrinhos, Lucas e Matheus, que estão sempre presentes em minha vida.

Iara Luisa Mastine

Dedico este livro à toda minha família que fortalece minha autoestima. Meus pais, Aldemar e Regina, que são meus exemplos. Meu irmão, Cesar, que incentivava meu lado criativo. Minha filha, Anna Júlia, que me faz querer ser sempre melhor e ao meu companheiro de vida, Guto, pelo apoio em fazer os sonhos acontecerem.

Santuzza Andrade

Marcelo, meu amor, meu primeiro amor. Para você cada pensamento, cada gotinha de imaginação. Para esse amor, esse primeiro amor, que me ajuda a ter um olhar mais carinhoso sobre mim, todas as cores, pinceladas e traços!

Como usar este livro

Este livro é indicado para crianças de todas as idades e para os adultos que querem se conectar com sua criança interior e fortalecer sua autoestima.

O duende Az construiu sua maneira de fortalecer a própria autoestima, percorrendo o alfabeto de A a Z. Reflita com o Az e, ao final, complete o seu livro com as palavras que podem lhe ajudar a ser quem deseja ser. Essas palavras podem ser ações, emoções, atitudes, valores, desafios, competências, habilidades ou até pessoas e lugares que promovam o bem estar, a segurança, a confiança, enfim, que aumente sua autoestima.

Você pode optar por uma única palavra ou por várias, o importante é ampliar seu alfabeto da autoestima.

Após escolher sua palavra, escreva no outro espaço como ela poderá te ajudar. Pensar na ação é meio caminho andado para a materialização desse acontecimento.

Também disponibilizamos uma lista de outras palavras para apoio, mas use-a apenas para ampliar seu repertório. Antes de recorrer a essa lista olhe para o seu interior e tente resgatar as coisas simples, que parecem óbvias, mas são fundamentais para o fortalecimento da autoestima!!

Vamos percorrer essa aventura pelo alfabeto da autoestima com o duende Az?!

Olá, eu sou o Az e estou aqui para falar sobre autoestima

A autoestima é nossa capacidade de olharmos para nós, para nossas habilidades, competências, valores, imagem, atitudes, dificuldades... enfim, a forma como nos vemos e nos avaliamos.

A autoestima não é estável. Ela varia conforme as situações e momentos que estamos vivendo e nossa forma de nos avaliarmos. Pessoas negativas, momentos estressantes, situações adversas, senso crítico exagerado, pensamentos pessimistas podem influenciar nossa autoestima, nossa confiança e nossa forma de agir. Não se esqueça, sempre há como resgatar e acreditar em nós mesmos. Você pode e consegue!

Há muitos fatores, emoções, valores e atitudes que podemos ter para que nossa autoestima esteja adequada.

Aqui vamos caminhar juntos pelo alfabeto *Autoestima de A a Z.*

ADMIRAÇÃO

Com "A" escrevo ADMIRAÇÃO
Quando me admiro, fica bem mais fácil reconhecer meus pontos fortes, minhas qualidades, apreciar o meu corpo, ver o que tenho de bom e me valorizar.
Admiração faz bem, é um sentimento agradável, que me dá ânimo e motivação.
Eu gosto de me olhar no espelho com admiração e alegria.

B BONDADE

Com "B" escrevo BONDADE
Ser bondoso comigo e com os outros me faz sentir bem.
A bondade é a disposição natural que nos leva a fazer o bem.
Quando eu ajudo alguém, estou ajudando a mim mesmo.

CUIDADO
Com "C" escolho CUIDADO
O cuidado é muito importante para a minha saúde e meu bem-estar. Cuidar dos outros também me faz ser uma pessoa melhor. Posso cuidar de alguém prestando atenção no que ela necessita e oferecer meu afeto.
No meu autocuidado, eu sempre opto por ter hábitos saudáveis e fazer atividades físicas divertidas.

DEDICAÇÃO

Com "D" pensei na DEDICAÇÃO
Posso me dedicar e escolher fazer coisas que gosto, sendo criativo e me motivando ainda mais. A dedicação me traz prazer e comprometimento e, assim, realizo minhas tarefas com mais amor.
Eu gosto muito de cuidar do meu jardim.

ELEGÂNCIA

Com "E" escolho na ELEGÂNCIA
Quando eu me sinto elegante, eu me sinto muito bem, me sinto bonito e gracioso. A elegância também está em nossas atitudes, em ser cortês e gentil com as outras pessoas.
Eu gosto de fazer um penteado diferente e colocar uma roupa bem bonita.

F

FÉ

Com "F" pensei na FÉ
A fé é um sentimento que me faz acreditar em algo maior. Ela me traz o desejo e a esperança de que coisas boas podem acontecer, além de muita serenidade, tranquilidade e paz interior. Gosto de ter meu ritual de fé, de fechar os olhos e agradecer.
Nas minhas orações, eu peço por todos e agradeço pela minha vida.

GRATIDÃO

Com "G" escrevo GRATIDÃO
A gratidão me faz olhar para tudo que há de bom em minha vida e a ter emoções positivas e agradáveis. Ela também me dá ânimo para superar as dificuldades.
Eu gosto de agradecer pelos meus dias, pela minha família, pelos amigos e pelos momentos difíceis que pude superar.

HONESTIDADE

Com "H" escolho HONESTIDADE
Ser honesto é um valor muito importante para mim, fortalece meu caráter. Sou honesto comigo e com os outros também.
Prefiro sempre dizer a verdade e me sinto mais leve quando sou honesto.

INTELIGÊNCIA EMOCIONAL

Com "I" escrevo INTELIGÊNCIA EMOCIONAL

Inteligência emocional é saber lidar com minhas emoções. É saber reconhecer, nomear, expressar as emoções e agir de forma adequada. Ela também é muito importante para os nossos relacionamentos.

Quando estou com raiva, procuro me controlar respirando fundo várias vezes.

J JUSTIÇA

Com "J" escolho JUSTIÇA
Posso ser justo comigo e com os outros. Trabalhar meus conceitos, olhar para meus direitos e deveres, avaliando minhas atitudes e fazendo boas escolhas com sabedoria. Saber dividir com justiça fortalece minha autoestima.

KKKKKK

Com "K" penso em KKKKKK
Rir e relaxar é sempre bom! Posso rir dos meus erros e levar a vida mais leve, com bom humor. Rir faz bem para saúde, alivia o estresse, diminui as dificuldades e ajuda muito minha autoestima. Gosto de contar piadas e relembrar momentos engraçados.

L

LIBERDADE DE EXPRESSÃO

Com "L" penso em LIBERDADE DE EXPRESSÃO
Saber reconhecer e expressar minhas ideias, pensamentos e ideais, sempre com respeito, dando minha opinião em um grupo e na família.
Adoro me comunicar. Poder compartilhar o que penso e ser ouvido fortalece minha autoestima.

M MEDITAÇÃO

Com "M" escolho MEDITAÇÃO
Quando medito, me concentro olhando para meu interior.
Deixo meus pensamentos fluírem, irem embora, trazendo equilíbrio e paz interior.
Eu adoro meditar perto da natureza.

NECESSIDADES ATENDIDAS

Com "N" escrevo NECESSIDADES ATENDIDAS
Reconhecer minhas necessidades, ir em busca do que eu preciso e contar com a ajuda de pessoas próximas, também me faz sentir bem melhor. Todos nós temos nossas necessidades, entre elas: alimentação, descanso, sono e educação.
Eu adoro carinho e atenção.

ORGULHO DE SI

Com "O" escrevo ORGULHO DE SI
Posso me orgulhar de mim, saber me parabenizar, me elogiar, reconhecer e valorizar minhas atitudes. Saber quem sou, conhecer minha história, e me avaliar de forma adequada me dar força para seguir em frente.
Tenho orgulho de ser quem eu sou.

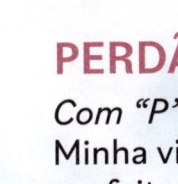

PERDÃO

Com "P" escrevo PERDÃO
Minha vida não é feita só de bons momentos. Não sou perfeito. Saber refletir, me perdoar, aceitar meus erros, pedir desculpas, buscando sempre melhorar minhas atitudes. Esse é o caminho da minha evolução.
Peço perdão e me perdoo pelos meus erros.

QUERER BEM

Com "Q" escrevo QUERER BEM
Querer bem, aceitar a mim mesmo, me cuidar, gostar de minha companhia, ser querido e amado fortalece minha estima. Querer bem aos outros também me traz satisfação. É um sentimento de amor, carinho e afeição. Eu gosto de me cuidar e me sinto bem comigo mesmo.

RESPONSABILIDADE

Com "R" escrevo RESPONSABILIDADE
A responsabilidade me traz a disciplina, a organização, o planejamento dos meus afazeres e o desenvolvimento da minha autonomia.
Quando cumpro minhas tarefas e o que me propus a fazer me sinto mais capaz. A realização eleva minha autoestima e minha autoconfiança.
Eu me sinto capaz!

SINGULARIDADE

Com "S" escrevo SINGULARIDADE
A singularidade nos distingue dos outros. Cada pessoa é única, todas têm suas qualidades, capacidades, formas de pensar e características físicas e intelectuais. Quando me aceito me sinto bem comigo mesmo. Muitas vezes nos comparamos com os outros, o que pode afetar nossa autoestima. Você é especial do seu jeito.
Eu me sinto especial do jeito que sou.

T

TER OPÇÕES

Com "T" escolho TER OPÇÕES
Quando me sinto preso a situações negativas ou até próximo a pessoas que não me fazem bem, posso parar para refletir sobre isso. Pedir ajuda, ter pessoas ao meu lado que me fazem bem, fazer escolhas e seguir novos caminhos fortalecem minha confiança e autoestima.
Eu escolho ter bons amigos.

U UNIÃO

Com "U" penso em UNIÃO

A união traz a força e o senso de coletividade. Sei que posso ajudar os outros e receber ajuda. Ter relações afetivas e harmoniosas. Sentir que pertenço a um grupo, fortalece minha autoestima.

Eu gosto de me unir aos meus amigos e fazer projetos para ajudar pessoas carentes.

VIVER O PRESENTE

Com "V" escrevo VIVER O PRESENTE
Quando me preocupo muito com o futuro e olho para as coisas que não tenho, eu esqueço de valorizar o momento presente.
Viver o presente é estar com minha atenção e pensamentos plenos no que estou fazendo.
É importante viver e observar o momento com tranquilidade. Eu gosto de apreciar e sentir o cheiro, o gosto, a cor de minha maçã... ela fica mais saborosa.

WOW

Com "W" escrevo WOW!
WOW representa celebrar, comemorar, festejar e viver com alegria. Estar de bem com a vida, reconhecendo pequenas vitórias, as boas sensações, valorizando as conquistas e os momentos importantes.
Brincar me faz celebrar a vida!

X XODÓ

Com "X" penso em XODÓ
Um colinho, um carinho que você pode dar a você mesmo ou a alguém que te faça bem, traz a sensação de segurança, bem-estar e acolhimento.
Meu xodó é meu ursinho de pelúcia que me acompanha todas as noites.

YES

Com "Y" escrevo YES
Yes significa SIM. Saber falar sim para o que é importante para você. É ser merecedor e reconhecer as coisas boas da vida, mas não podemos nos esquecer de dizer não para o que não nos faz bem.
Eu digo sim para minhas qualidades!

ZELO

Com "Z" escrevo ZELO
Zelo significa cuidado, atenção, dedicação, interesse, amor e afeto, por mim, por algo ou por alguém.
Eu zelo pela minha vida e pelos meus brinquedos também.

Agora é a sua vez!

Complete seu livro com suas ideias e tudo aquilo que é importante para você e te ajuda no seu dia a dia. Você pode pensar em ações, valores, pensamentos que precisa ter em situações difíceis. Reflita sobre o que faz você se sentir melhor ou defina metas para o que você gostaria de desenvolver. Olhe para você com mais autoestima e atenção. Sinta-se valioso para si mesmo!

Vamos começar?

Escreva aqui o que te ajuda:

Sua letra "A" _____

Como ajuda você: _____
_____

E com a letra B, escreva aqui o que te ajuda:

Sua letra "B" _____

Como ajuda você: _____
_____

E com a letra C? Escreva aqui:

Sua letra "C" _____

Como ajuda você: _____
_____

E com a letra D? Escreva aqui o que te ajuda:

Sua letra "D" _____

Como ajuda você: _____

_____

E com a letra E? Escreva aqui o que te ajuda:

Sua letra "E" _____

Como ajuda você: _____

_____

E com a letra F? Escreva aqui o que te ajuda:

Sua letra "F" _____

Como ajuda você: _____

_____

E com a letra G? Escreva aqui:

Sua letra "G" _____

Como ajuda você: _____

_____

E com a letra H? Escreva aqui o que te ajuda:

Sua letra "H" _____

Como ajuda você: _____

_____

E com a letra I? Escreva aqui o que te ajuda:

Sua letra "I" _____

Como ajuda você: _____

_____

E com a letra J? Escreva aqui o que te ajuda:

Sua letra "J" _____

Como ajuda você: _____

_____

E com a letra K? Escreva aqui o que te ajuda:

Sua letra "K" _____

Como ajuda você: _____

_____

Agora com a letra L? Escreva aqui o que te ajuda:

Sua letra "L" _____

Como ajuda você: _____

_____

E com a letra M? Escreva aqui o que te ajuda:

Sua letra "M" _____

Como ajuda você: _____

_____

E com a letra N? Escreva aqui o que te ajuda:

Sua letra "N" _____

Como ajuda você: _____

_____

Agora com a letra O? Escreva aqui o que te ajuda:

Sua letra "O" _____

Como ajuda você: _____

_____

E com a letra P? Escreva aqui o que te ajuda:

Sua letra "P" _____

Como ajuda você: _____

_____

E com a letra Q? Escreva aqui o que te ajuda:

Sua letra "Q" _____

Como ajuda você: _____

_____

Agora com a letra R? Escreva aqui o que te ajuda:

Sua letra "R" _____

Como ajuda você: _____

_____

Escreva aqui o que te ajuda com a letra S:

Sua letra "S" _____

Como ajuda você: _____

_____

E com a letra T? Escreva aqui o que te ajuda:

Sua letra "T" _____

Como ajuda você: _____

_____

E com a letra U? Escreva aqui o que te ajuda:

Sua letra "U" _____

Como ajuda você: _____

_____

Agora com a letra V? Escreva aqui o que te ajuda:

Sua letra "V" _____

Como ajuda você: _____

_____

E com a letra W? Escreva aqui:

Sua letra "W" _____

Como ajuda você: _____

_____

E com a letra X? Escreva aqui:

Sua letra "X" _____

Como ajuda você: _____

_____

Agora com a letra Y? Escreva aqui o que te ajuda:

Sua letra "Y" _____

Como ajuda você: _____

_____

E com a letra Z? Escreva aqui o que te ajuda:

Sua letra "Z" _____

Como ajuda você: _____

_____

Lista de apoio

A
Abraço
Acreditar
Aceitação
Apreço
Afeto
Apego
Afeição
Amor-próprio
Amizade
Assertividade
Atenção
Acolhimento
Alto-astral

B
Brincar
Bom humor
Bem-estar

C
Carinho
Celebrar
Companhia
Confiança
Coragem
Competência
Conquista
Contentamento

Colaboração
Coerência
Curiosidade

D
Desejo
Determinação
Doação

E
Encorajamento
Enfrentamento
Empatia
Emoções
Educação
Empolgação
Escolhas

F
Força
Felicidade
Família
Festejar

G
Gostar de si
Ganhar
Generosidade
Gentileza

H
Harmonia
Habilidades
Humildade
Humanidade

I
Inteligência
Imaginação
Importância
Integridade

J
Jovialidade

K
KKKK - rir do que desejar

L
Lealdade
Liberdade

M
Merecimento
Moderação
Melhorar
Mudança

N
Necessidades
Nobreza
Não (falar não)

O
Organização
Otimismo
Originalidade
Ousadia

P
Proteção
Paz
Paixão
Prazer

Q
Querido
Qualidades

R
Respeito
Regulação
Resiliência

S
Sensibilidade
Sabedoria
Sensatez
Simpatia
Sinceridade
Sorrir
Sonhos
Socializar

T
Ternura
Tolerância

U
Único

V
Valorização
Verdade
Vitória
Valores
Valentia
Virtudes
Visão

W
Wonderful - maravilhoso

X
Xuxuzinho - apelido carinhoso

Y
You – você
Yeah – grito de comemoração

Z
ZZZZZ – descansar, relaxar, sonhar.

Sugestões para pais, professores e profissionais

Este material foi elaborado para ir além do conhecimento. Explore a curiosidade, criatividade, a capacidade de pensar e encontrar novas respostas, valores e atitudes.

Conhecer, ampliar o vocabulário, perceber o que te faz bem e aumenta sua autoestima é um grande caminho. Propomos, também, que trabalhem com questionamentos, atitudes e metas.

Você pode otimizar a utilização deste material questionando:

- Quais são as características que mais gosta em você?
- Quem te ajuda a ficar bem?
- Como você se cuida?
- O que ou quem interfere na sua autoestima?
- Quando se sente elegante?
- Quando você está bem, como age?
- Nos dias de baixa autoestima, o que você faz para se sentir melhor?
- Qual será sua missão da semana?

As autoras

Cristiane Rayes é psicóloga clínica e educacional com especialização em Orientação Familiar, Terapia Cognitivo Comportamental entre outros. Atua na área clínica atendendo crianças, adolescentes, adultos e orientação de famílias. Cria e desenvolve projetos, jogos e materiais terapêuticos contando com grandes amigos e parcerias. Considera a família e o amor como essência de sua autoestima, tendo grande admiração por seus pais, Mansur e Heloisa. Seus filhos, Mariana e Vitor, e seu marido, Márcio, a fazem acreditar em seus sonhos, desejar, realizar e ter uma vida repleta de emoções. "Abra a página da confiança" e "Meu amor acompanhará seus caminhos" são frases que utiliza para incentivar seus filhos e que marcaram suas histórias. Ama o mundo da imaginação, que a permite ir para onde e quando quiser em poucos segundos e, assim, deixa que sua criatividade flua, se expressando por meio de formas, bonecos, jogos e histórias repletas de amor e grandes propósitos que enriquecem sua autoestima.

Iara Luisa Mastine é psicóloga formada pela UNESP, neuropsicóloga formada pelo Albert Einstein e com outros diversos cursos na área da parentalidade. É apaixonada pelo desenvolvimento infantil. Ser mãe foi sempre um sonho, o que foi concretizado com a chegada da Anna Júlia. Atualmente trabalha com crianças, adolescentes e muitas famílias. Iara acredita que a família é o solo para semear uma adequada autoestima, e esse florescer necessidade de muito cuidado, amor, respeito, valorização e exemplo. Foi assim que aprendeu com seus pais, Aldemar e Regina, com seu irmão Cesar, com sua filha Anna Julia e com seu companheiro de vida, Guto, que a apoiam e incentivam a acreditar e sonhar!

A ilustradora

As idas às livrarias e papelarias sempre foram os programas favoritos de **Santuzza Andrade**. Quando criança, sua mãe lhe dedicou um quarto especial, onde, em uma parede, ela desenhava e, em outra, revestida com cortiça, ela fixava os seus desenhos. Quando, na parede, já não cabia mais desenhos, era pintada de branco. Santuzza, por ser apaixonada por livros, história e arte, estudou Arquitetura na PUC-MG, mestrado em *Interior Space Design* em Londres e *Childrens Book Illustration* em Cambridge. Trabalhou na área de criação nos melhores escritórios de BH, São Paulo e Londres. Hoje, aos 52 anos, resolveu dedicar-se ao mundo mágico e de sonhos da Ilustração.

AZCDEFGH
MSYNKQTZ
YFGAPQRCD
LZXYZBUV
CAIJGTNRC